전사운 시집
거미 나그네

국립중앙도서관 출판시도서목록(CIP)

거미 나그네 : 田思雲 詩集 / 지은이: 전사운. – 서울 : 지구문학, 2015
          p. ;   cm

ISBN 978-89-89240-69-3 03810 : ₩10000

한국 현대시[韓國 現代詩]

811.7-KDC6
895.715-DDC23   CIP2015024093

田思雲 詩集

거미
나그네

지구문학

1983년 사우디아라비아 근무 중 원주민과 함께

2012년 겨울 경북 문경 사불산 조계종 대승사 현판 6점 주련 55점
(소요기간 : 4~5개월 작품 완료)

시인의 말

여기 새겨진 시들은
내 살아온 날들의 흔적이다
시심을 가진 분들의 가슴에
한 편의 시가 새겨진다면
더 이상 큰 기쁨이 없으리라
시를 사랑하는 분께
이 시집을 드린다

차례

1부 나그네

2부 인연

차례

3부 뜬 계집

4^부 홀로 타는 불

제 1 부

나그네

거미

저 음침한 골짜기에 덫을 쳐놓고
한 줄 실바람을 안고 춤춘다
안개비가 주렁주렁 구슬 꿰어놓고
긴 기다림으로 사냥은 시작된다

오가는 길목마다 어살을 쳐놓아
팽팽히 살아있는 저승줄에
바람 같은 목숨은 감겨든다
오라 그것이 기다림의 대가인가

헤어날 수 없는 족쇄에 채워져
서서히 잘려지고 먹히운다
바람개비 돌 듯 날개는 빙글 돌고
머리는 잘려져 출렁거린다

모든 것이 다 죽어도
신경은 살아남아
낮 밤을 죽은 듯 살은 듯

입안에 독기를 가득 품고
혼자 집을 짓고
혼자 머물고
혼자 먹어 치운다

지구문학작가회의 시화전에 출품하고 〈나그네 · 1〉 외3편 (서울 (구)예총회관 전시실)

나그네 · 1

뒤돌아보면
까마득 멀리도 왔네
굽이 굽이
산 넘고 강을 건너서

머무는 마을마다
사연도 많아
그림자 얼싸안고
술잔을 드네

꿈속인 듯 안개는
눈을 가리고
바람에 낙엽 지듯
달빛 속을 기어드네

오늘은 억새밭에서
잠을 청하고
소쩍새 울음 울면
함께 운다네

나그네 · 2

새벽 찬바람 불어와
안개길 헤쳐 놓으면
동녘 산 오름 넘어
찾아오는 생명의 빛

밤새 움츠렸던 육신을
양지 바른 산자락에서 녹이고
찾아오지 않는 님을 찾아
길을 나서네

태양은 중천에서
온몸을 달구고
몇 날을 그리움 안고
님 찾아 헤매이었네

산기슭에는
황혼이 먼저 길게 누워있고

낙엽 쌓인 산골짜기에서
달빛 안고 꿈길을 떠나네

나그네 · 3

이미 정해진 길을
먼 길을 휘돌아
임자 없이 헤매이었네

사방을 둘러보아도
닻 내릴 항구는 없고
기다리는 사람도 없네

삶의 무게가
짙은 어둠으로 감싸안아
하늘의 유성을 보고
내일을 예감하네

태양의 열기로 달구어진
신기루가 살아가는 사막

마지막 땀방울을
사막에 쏟을 것인가

홀로 타오르다
홀로 꺼져 버릴까

부질없는 물음일 뿐
모두가 홀로 타오르다
홀로 꺼지는 연기와 같은 것을

나그네 · 4

바람이었나
신기루였나
스스로 찾아간
두바이! 아부다비!
사막은 뜨거운 숨결로
도시를 토해놓고 있었다

지평선에서 불어오는
할라스! 모래폭풍!
한밤 하늘 향해 기도하는
원주민의 기도소리
그것은 슬픔이 배어있는
애원이었고 통곡이었다

흑진주를 발견하지 않았다면
어떠한 삶들을 살고 있을까
풀포기를 찾아 사막을 유랑하고
온 하루를 기도하며

기다릴 수밖에
기다릴 수밖에

그곳은 나의 신기루
담아올 수 없는 오아시스
내 의지가
사막의 열기에
한줌 재가 되어버린 곳

나그네 · 5

안개 속이야
지나온 날들이

가야 할 날들도 보이지 않아

더딘 걸음으로
안개 속을 헤매이었네

기다리는 이 없고
부르는 이 없는 것은
뿌려놓은 씨앗이
메말라 죽었다는 것인가

함께 하는 것은 그림자
떼어 놓을 수 없는
내 그림자

어둠을 밝히는 달빛

창밖 반달은
술잔에 담겨 있네

이 한 밤
임자 없는 나룻배 타고
술 한 잔 시 한 수 하네

나그네 · 6

천년 고목 팽나무
뿌리 끝자락에
학동들 모아 놓고
하늘천 따지

이끼 낀 돌담 집
봇짐 지고 들고 보니
옛적 서당이었다네

현판도 없고
훈장도 없고
학동도 없네

사라호 태풍에
길게 누워버린 거목

텅 빈 서당
하늘 품에 잠들어 있고

지나는 길손
홀로 훈장 되고
학동 되겠네

제주시 애월읍 상가리 소재 팽나무, 제주도나무 지정목, 수령 천년, 제주도에서는 풍낭이라고도 한다. 1959년 사라호 태풍에 쓰러져 가지가 뿌리처럼 변해 현재의 모습이 되었다. 필자가 5년간 살았던 집 앞에 있다.

그곳은 스스로 택한 유배지였다.
빨간 슬레이트 지붕은 땅에 붙은 것같아
한여름이면 집안에서는 열기로 인해 머물 수 없는 지경이었다.
5년 동안 필자가 잡은 지네는 100마리가 되고
오염되지 않은 곳 맑은 공기를 마시는 대가려니 하고 지냈다.

나그네 · 7

바라만 봐
아무런 말도 없이

드릴 것 없는
그림자 연정

깊은 상처가 되기 전에
곁을 떠나네

바람 타고 갈까
구름 타고 갈까

하늘에 오르는 무지개가 될까

마지막 사랑
나 홀로 사랑
어디로 가고 있나
바람 끝 세월

나그네 · 8

언제 움막 한 채라도
짊어지고 다녔던가

온 산천이 내 집인 걸

불빛에 비친 그림자
다정하게 다가오면

한없이 짙은 서러움이
밀물 되어 감싸네

여기도 빈 마을
인적이 없어

두고 온 발자국마다
그리움이 쌓이네

세상사 그러려니 하여도

다시 찾아올
새벽을 기다리며
기우는 달빛 따라
길을 떠나네

나그네 · 9

어느 산기슭
인적 없는 나루터에
이름 없는 들꽃으로 피어나
향기를 피울까

잊혀진 기억 저편에
안개 무덤으로
흐르는 강물

하늘로 오르는 빛 줄 타기

가슴에
서러운 그리움만 쌓이고

사랑하는 이웃 함께 모여
웃음 잔치 언제 벌리려나

북두칠성 하늘에 빛나고

은하수 강가에 머물면

이 한 밤

별빛 속에 잠드네

나그네 · 10

저― 검푸른 바닷길
뱃고동 소리
길게 울려 퍼지면

가슴은 아려와
안개 바다가 되네

뱃머리에 부딪치는 파도

마음도 떠나고
몸도 떠나고
헝클어진 인연도 떠나네

뒤돌아보면 짙은 어둠뿐
무거운 침묵만이 함께할 뿐이네

3등칸 여객실은
추위를 막아줄 모포도 없네

해풍을 이불 삼아
웅크린 새우잠을 자야 하네

나그네 · 11

외로워 말게
혼자라고 생각 말게
그림자 곁에는
항상 따사로운 빛이 있으니
어둠과 밝음은 형제인 것을
떨쳐 버릴 수 없는
한 핏줄이라네

그러기에
삶과 죽음도
자연스러운 것을
먼 길 떠나기 전
무거운 짐 모두 벗어놓고
인사는 먼저 해 두게
뒷마을 마실 가듯

길섶에 피어난
들국화 한 송이 입에 물면

하늘 하늘
안개 목숨일세

제주시 애월읍 한담 올레길 해변에서

나그네 · 12

한 손에 술잔 들고
또 한 손에 술병 들고
마주 앉은 벗은 술향기네

저절로 찾아온 달빛
술병에 옷을 벗고
푸른 바람 술잔에 머무니

대숲 바람 병풍 되고
악취 나는 세상 인심
신선인 양 잊는구나

나그네 · 13

들꽃은 누굴 반기려 피었는가
안개 낀 하늘엔 새소리 들리지 않고
무심한 아지랑이만 하늘거리네

청량한 바람 가슴을 채우고
온 천지는 안개 바다에 잠기었네
가는 길 어느 곳이 잠들 곳인가

나에겐 유배지였다.
어머니 무덤과 큰형의 무덤을 뒤에 두고
마음 잡지 못하는 작은형도 뒤에 두고
기약 없는 세월 섬을 떠난다.

나그네 · 14

인연이란
신기루
마음이 다가온 것 같다가
영원히 멀어졌네
문패를 하나
새겨준다고 하였는데
무거운 삶이
돌아오지 못할 길로
데려가 버렸네
이제 딸아이 혼자
세파에 시달리겠네
젊은 나이에
홀아비가 되어
이제 희망을 꿈꾸더니
그 무엇도
가져가지 못하고
한 줌 재가 되었네
윤 처사

고단했던 세상
훌훌 털어버리고

딸 사랑만 남겨두게

나그네 · 15

어느 가슴엔들
그리움이 없으랴

빈 호주머니 바라보고
모두 다 돌아 앉았네

함께 가는 길이
쉽지 않다는 것을
진작 알고는 있었지만

마음 쓸쓸함을
아는지 모르는지
해 저무는 황혼길
홀로 가야 하네

체온은 뜨거워도
나눌 길 없고

스치는 바람결에
문풍지만 울리고 있네

경북 문경 대승사에서 현판 주련 작업중 휴식시간에 (2012년 겨울)

나그네 · 16

사불산 명산도
안개 속에 묻히니
자취 없이 사라지네

염불소리 잠든 고찰

다가서지 않으면
볼 수 없는 형상들

도토리 밤송이
함께 떨어지고

다가서는 걸음 따라
숲속은 발가벗고 있네

다람쥐 청설모
모여 사는 원초적 마을

나그네 · 17

바람은 서에서 동으로 불어
오죽헌 처마 끝에
구름이 내려앉네

솔바람 낙수물 소리에
가지마다 봉오리는 움트고

스며드는 빗방울은
대지의 젖줄 되어
새 생명을 잉태하네

돌아갈 것은
모두 다 돌아가고

살아갈 것은
다시금 태어나네

제 2 부

인연·

나의 詩

가난과 동거중
어미 없이 태어난
사생아

....

우주에서 날아와
지구 심장에 박히는
별똥별

남산을 바라보니

벚꽃이 만개한
산 능선마다
하늘로 오르는
꽃구름이 피었구나
스치는 바람
꽃비가 내리고
고향길 흐르는 길손
꽃잎 속에
혼 담겠네

수평선

바라보면 아득한 꿈길
다가서면 멀어지고
눈 감으면 살아나는
넝쿨 그리움

무지개 빛으로
하늘과 바다를 품에 안고
방황하는 목숨들을
포로로 잡고 있다

추석

달 뜨면
님 보듯
하늘을 보리
창가에 날고 있는
불꽃
내 마음 같은
반딧불이
휘ー영청
달빛은
집안 가득
사랑도
함께 찾아오리

달

항상 제자리를 맴돌고
침묵 속에 빛을 발하네

넝쿨 되어 꿈틀거리는 욕망들이
온갖 소원들을 염원하지만

유성처럼 스러지는 삶인지라
기도소리의 대답을 듣지 못하네

빛은 그 자리에 머물고
욕망은 한 줌 재가 된다

꿈은 꿈으로 사그러지고
새 생명은
그 타 버린 한 줌의 재를 먹고
새로운 우주로 태어난다

항아리

무엇을
채우려 하였는가

그 무엇도
가져갈 수 없다네

사그라져 버릴
운명인 것을

진주 눈물이나
채우게나

시창작에 도움을 준 항아리

1970년 겨울, 탑골공원에서 종로직업소년학교 1기생들과 함께

배고픈 시절 동기들은 신문배달, 구두닦기 등을 하고 있었고 필자는 시민회관 뒷편에서 철근일을 배우고 있었다. 당시 일당은 260원, 감자국밥은 한 그릇에 50원 하던 시절비 오면 공치는 날이었고 하루 일과는 새벽 5시에 기상하여 사직공원에서 을지로3가 한국체육관까지 뛰어가서 한두 시간 복싱을 하고 다시 내수동 현장으로 되돌아와 감자국밥 한 그릇을 먹고 하루종일 철근을 어깨에 메고 해머질로 철근을 자르고 휘었다. 당시 종로 재동초등학교에서는 저녁에 검정고시반과 원예반을 운영하였는데 필자는 일년 동안 원예반을 택해 공부하였다. 힘들었지만 보람도 컸던 시간이었다.

인생

물은
가는 곳이 있어
쉬임없이 흐르고

나는
바위 굴에
머물러 있네

생각은
구름 따라
인생사를 넘나들고

바람이
눕는 자리에
흩어질 이름

촛불

너울거리는
빛 속에서
떨쳐 버릴 수 없는
그림자로 남아
숨결이
녹아 쓰러질 때까지
하얀 춤을 춘다

글벗 윤명철(시인, 동국대 교수, 역사학자)의 선물로 받아 새긴 삼족오

해바라기

그대
살아 있는 한
나 또한
그대와 함께
살고 싶다

노을빛 슬픔이
가슴을 적시고
안개 비
갈 길을 막아서도
숨겨가는 노을빛을
함께 포옹하고 싶다

인연 · 1

보이지 않고
끊어지지 않는 동아줄

믿음과 신뢰가 살아있는 한
이어져 있는 생명줄

젊음이 사그라지고
나눌 게 없어지면

모두가 떠나버리는
텅 빈 무대

관객도 배우도 없는
안개 같은 존재

홀로 타오르다
홀로 꺼지는 신기루

태극기와 송원 백남련 선생이 한문으로 애국가 4절 모두를
필자가 서각書刻하다.

인연 · 2

희미하던 그 만남들이
또렷이 보이네
수많은 이야기들이
허구였음을

결국 대인의 만남은
스치는 바람으로
사라져 버렸고
미련 자체마저
생각키 어려운 인연이라
홀로 대인일 수밖에
아무런 기약도 없이
모두를 떠나야
홀로 자유로울 수 있음을

존경할 수 없는 생명체들
삶의 구토를 유발하는 자들
멀리할수록

맑아지는 영혼
홀로 타는 불

살아온 날들의 인연을 작품화하다.

인연 · 3

꽃잎 흩어진 오솔길
따스한 빛 함께 머물고
그리움 찾아 나선 나그네
가슴 가슴마다
꽃향기 짙게 물드네

오랜 기억 속에만 남겨져
돌아오지 않는 메아리가 되고
망부석이 되어도
바람 따라 스며드는
아지랑이 그리움

둥지

한 방울
한 줄기 빛
태어나고 모여 살고
살갗 부벼 체취 발라놓고
살 길 찾아 흩어지고
좋은 시절 산전수전
발 가는 대로 정처 없이 헤매이다
흰 머리칼 바람에 흩어지면
돌아갈 길 어디인가
사방을 둘러보니
첩첩산중 벼랑 끝에 서있네
가진 것 없으니
남길 것 없고
오라는 곳 없으니
갈 곳도 없네
살아남은 것은 그리움뿐
모두가 되돌아가는
마음의 고향

섬

희망봉은 없었다
신기루로 변해 버린 포구

만선이 아닌
빈 배로 도착하였기에
인적 없는 포구

거친 항해 속에 갈망한
무언의 약속들이
여지없이 짓밟힌
믿음 신뢰 우정

원래 없는 약속이었다

다시 표류하는 부평초
함께할 수 없는 종족
들개의 주인은 없었다

고장난 나침반을 바라보며
새로운 길을 찾아
끝없는 수평선에 마음을 둔다

또 다른 신기루를 찾아

이름들

아픈 상처 서로서로
돌보며 위로하며

허리 펼 날 고대하며
함께 울고 웃었건만

좋은 일 저희들끼리 하고
궂은 일 나를 부르네

쓴맛 단맛 물 빠지면
등 돌려 버리는
얄팍한 마음

잘 먹고 잘 살아라
떠나온 세월

강산이 몇 번 변하여도
변함없는 세상

지워버려야 할
이름 이름들

내일은
내 이름마저도
지워버려야 할 시간

고 진을주 선생님을 추모하며

선생님
지금 어느 호수공원에 계십니까
월파정에서 달빛을 안고 계십니까

황혼에서 만나
짧은 시간 속에서 깊은 기쁨을 주셨지요
평생 시심詩心으로 살아오시면서
조약돌 같은 저의 시詩 나그네를
평하신 일은 제가 살아가며
두고두고 명심하겠습니다

깊은 산사山寺의 겨울밤입니다
소복이 쌓인 흰 눈 사이로
달빛은 부서져 내리고
눈밭에 반짝이는 별빛은

온통 선생님의 시들로 살아나
메마른 가슴에
뜨거운 시 향기로 감싸고 있습니다

구름같이 떠돌다
바람같이 헤매다
좋은 글 한 권 품안에 들면
다시 찾아뵙겠습니다
평안히 쉬십시오

일회용 반창고

아무런 계획도
꿈도 가질 수 없는
젊은 청춘들
소모품으로 전락해 버린
이 시대의 적자 인생들
속이고 속는 세상이라지만
두 얼굴을 가진
똥배들이 너무 많아
뱃속에 무엇이 들었는지
해부해서 보고 싶어
함께 숨쉬기도 싫은
오염의 주범들
도시의 하루는
그들이 쳐 놓은 그물 속으로
하나 둘 빨려들고 있다

제**3**부

뜬 계집

뜬 계집 · 1

허기가 진다
육허기가

밥만 먹여 달라던 계집

머무는 마을마다
그림자로 남아

별 바라기
우물에 샘솟기
단비를 기다리네

바람은
한 곳에 머물지 않고
구름이 잠드는 곳도 알 수 없네

멀어져 가는 세월
잊혀져 가는 인연

모든 것이
봄날에 꾸는 꿈

뜬 계집 · 2

내 것도 아닌 것이
내 것처럼
가슴을 파고들어
뜨거운 몸짓으로
사랑을 구걸하더니

멋있고 더 맛있는 사랑을 찾아
길을 나서며

샘물이 말라
함께할 수 없으니
좋은 여자 만나길 빌어요
아름다운 기억만 생각하기로 해요
사랑해요

오늘은 어느 곳에서
사랑을 구걸하며

난 불쌍한 여자예요
노래를 부르고 있을까

달빛도 어두운 밤
또 하나의 그림자를 새긴다

글 난장 · 1

이것 저것
모두 챙겨 먹였더니
다리에 힘만 잔뜩 모아
낮이고 밤이고
부끄러움도 잊어버린 채
바람난 암캐와 숫캐가 되어
하수도 구멍에다
실탄을 모조리 쏘아버리고
공포탄만 남은
쭈굴쭈굴한 몰골로
집안을 들어서며
아이고 참 먹고 살기 힘드네

글 난장 · 2

아담한 화원이 있었고
향기로운 꽃술에
벌 · 나비 · 꿀 따러
날아다니는 줄만 알았는데
화원에는
어지러운 발자국만
잔뜩 짓밟혀 있고
멍든 꽃잎은
하양 수액을 토해놓고
나 몰라라 자빠져 있네

글 난장 · 3

칼은 칼집에서
서로를 희롱하는데
창은 홀로
창공에 불끈 솟아
허공을 저어 보지만
원래 없는 집을
어드메서 찾을 건가

신호

머리들 좋아
알아도 모르고
모르는 것도 모르고
질끈 동여맨 운동화는
너희들 빨리
도망가라는 신호이고
더러운 입을 봉한
아가리 가리개는
나는 아무런 말도
하지 않겠다는 뜻이래
그 썩은 얼굴에
독감이라도 걸린 줄 알았지
그게 아니야
그게 다 더러운 신호래

산다는 것

내 뜻이 아니라
생활의 흐름이
목줄을 죄어
스스로 문고리를 잠그게 한다

감옥이 되어버린 공간
면회의 시간은 없고
간간이 들려오는
생사 확인을 위한 통신음

만나면 반가운 벗
텅 빈 호주머니일지라도
술 한 잔이면
살아나는 공허한 웃음

해결해 줄 수 없는
능력이 되다 보면
알고도 모른 척

술잔에 위로 담아 한 마디
건강만 하다 보면 기회가 올 것이네

혀

한 번 뱉어 버린
잘못된 말은
마음을 베는 칼이다

독초가 되고
악의 뿌리가 된다

교활한 마음의 우쭐거림이
스스로를 해치고

얽히고 설킨 인연들이
마음도 발길도 떠나가게 한다

혀의 노예가 되어버린
일그러진 영혼의 소리

악취를 풍기는 구멍은
물 샐 틈 없이 막아버려야 한다

부디 살아가는 동안
생각의 노예가 되라

별빛 흐르는 강

은빛 비단 물결
달빛은 부서져 내리고
모두 잠든 밤
별빛은 속삭이는데

소리없이 흐르는
침묵의 강은
구름 속에 숨은
달님을 부르네

혼자는 외로워
바람도 불러
스쳐온 세월
뜬소문 듣네

비껴가 버린 인연
홀로 부딪혀 가고

날마다 잊지 못하고
가슴 속 강 마을에 살고 있네

세월

지나온 길
되돌아갈 수 없는 길

흘러가 버린 청춘
찾을 길 없고

어김없는 세월
아득히 멀어져가네

먼 발치에서
바라만 보는
넝쿨 그리움

황혼 속
노을빛에 타는
가슴만 아리다

사불산 대승사

첫날 밤 새색시마냥
얼굴 가린 반달일세
범종소리
숲속을 가득 채우면
산새 다람쥐 청설모
단풍잎 속에 잠이 드네

자장가 소리로
돌고 있는 물레방아
만월로 치닫는 반달
멈추지 않는
그리움 속의 물보라

문경 대승사 입구에 있는 물레방아. 한파에 얼어붙어 멈춰버린 시간

2012년 겨울, 여동생과 매제가 작업실까지 먼 길을 달려와 주었다.
추위를 이겨내라고 두툼한 외투를 싸들고……
그 따스함을 오래도록 간직하리라.

산사山寺에서 · 1

첩첩산중
구름이 내려앉는 곳
하나 둘 불심이 모여
터를 닦고 불사를 일으켜
천년고찰이라네

영웅은
주위의 인간이 만들고
고승도 마찬가질세

이름난 자 치고
정치적이지 않은
순수한 자 그 몇이런가

보살님들 처사님들
노력공양이
달빛에 녹아드네

산사山寺에서 · 2

무엇을 찾고 있나
뜨거움인가
차가움인가

어둠 속 깨어있는 새벽
눈을 감아야
보이는 세상
취해야 보이는 세상

가슴에
불도장을 찍으려 하는가
지우려 하는가
마음에 단풍이 물드네

전나무 각刻

저 푸른 나무는
곧게도 살았구나
대나무만 곧은 줄 알았더니
너 또한 한 핏줄일세

살아서는 모든 것을 내주더니
이제 죽어서
고찰 기둥에
주련으로 태어나고
현판으로 태어나네

내 혼을 불어넣어
천년을 살게 하니
이제 무엇이 아쉬울까
내가 죽어 전나무 밑둥에
거름이 될까

옛님 가신 길

간다간다 나는 간다
고향산천 뒤에 두고
별빛 앞세우고
바람을 등에 없고
먼저 가신 할배
혼 만나러 간다
뵙지 못할 혼백이시면
님 가신 길
발걸음 걸음 더듬다보면
나 또한 그 혼 될 것이니
순풍에 돛을 달고
저녁노을 벗을 삼아
수평선 넘어
할매 찾아간다

고내봉 · 1

― 고릉유사古陵遊寺

세월이
머물러 있다

이끼로 뒤덮인 계단
찾는 이 별로 없는
아담한 석굴

물같이 흘러 가 버린
고승! 한량! 풍류객!

시 한 수 남아 있지 않고
염불소리 들리지 않는
가시덤불 속에
전해지는 전설

바람으로 떠돌고 있다

고내봉 · 2

걷고 있다
세월의 흔적 위를

켜켜이 쌓여
한줌 흙이 되는
솔잎 오솔길

푸르른 잎으로 태어나
황금빛 숨결로 눕는다

죽어도 다시 태어나는
끈질긴 목숨

살아서 숲을 이루고

비바람 눈보라에
뿌리를 드러낸 채
짓밟히어도

종족끼리 모여 사는
솔향기 마을

고내봉 · 3

나무들 비탈에 서서
해바라기를 하고

몇 대를 이어
능선 따라
발 아래 드러눕는
천년 집 효심

살아서 무엇을 하고
무엇을 남기었나

비석에 새겨진 이름 석자
지난 일은 알 수 없네

봉분만 남아있고
삶의 내력 알 수 없는
외로운 무덤

모두가 찾아가는 고향집   *천년 집 : 선산 · 무덤

제**4**부

홀로 타는 불

끝이 보인다

벼랑 끝에서 보라
누가 너를 지켜보는지
누가 너에게 달려오는지
삶의 의미가 거기에 있다

위험에 처해 있을 때
모두가 떠난다
한 몸도 여유롭지 못한
불구자의 몸짓으로

보고도 못 본 척
들려도 못 들은 척
비명소리만 공허할 뿐
밤은 홀로 깊어간다

무엇이 인간다운 것인가
무엇이 너를 분노케 하는가
많은 죽음들 속에

너 자신도 모르게 가해자가 되고
살인의 공범이 되어 버릴지 모른다

벼랑 끝에 서 보라
끝이 보인다

독백

잠들 수 없는 곳에서
잠들어야 한다
등줄기로 전해 오는 진동
꿈 깨우는 기적소리
헤아릴 수 없이 많은 사연들이
구름 되어 흩어지고
귀 기울여보아도
대답 없는 벙어리 골방
살아가는 이유는
가슴에 뜨거움이 남아서일까
헤매이고 있는 꿈들을
찾기 위해서일까
한 손에 술잔 들고
한 손으로 술 가득 채워
사그라져 버리는
세월을 마시며
쓰러져서도 안 되고
쓰러질 수도 없는

그 이유는
나를 닮은 또 하나의 나를
가련하게
버려둘 수 없기 때문이라

1970년 탑골공원에서 염색한 군복을 입고

자발적 식민지인

혼을 팔아 빵을 구걸하는
너는 누구냐
대한민국 백성이
내 나라 글과 내 나라 말을 알면
내 땅에서 자유로운 생활과
윤택한 문화를 누리도록
국민의 심성을
이끌어가야 할 것이거늘
어찌하여 혀도 돌아가지 않는
아이들부터 순진무구한 민초들에게
영어 몰입을 떠벌리고
영어를 배워야
사람구실을 할 수 있는 것처럼
최면을 거는가
당신은 어느 나라 대통령인가
세종대왕을 모르는가

한글을 모르는 대통령인가

자신을 스스로 업신여기는 자는

자신에게 자해를 하는

무지몽매한 자다

어찌 그러한 자가

국정을 책임진다 할 수 있겠는가

자신을 사랑하는 마음으로

국민의 자존심을

하늘처럼 받들고

국가의 발전은

각 분야의 전문인들이

스스로 필요에 의한 과학기술을

연마하여야 할 것이며

언어의 영역 또한

모든 대한민국의 과학기술에 대하여

나라 글 한글로써 기록되어야 할 것이며

국가의 지원이 보태어져

정신과 과학기술이 함께 이루어져야 할 것이다

먼저 나라 말을 사랑하라

목구멍 포도청

간다 간다 나는 간다
고향산천 뒤에 두고
사막바람 휘몰아쳐 와
내 삶 물고 바다를 건너네
이제 가면 언제 올까
기다리는 사람 없으니
그리움도 지우고
남은 세월 사막에 쏟아 버리고

돌아온다면
잃어버린 세월 찾을 수 있을까
머물던 곳은 재개발 사업으로 사라지고
보따리는 가난한 동생 집에 자리 잡고
다시 어딘가 머물 곳을 찾아
헤매이어야 하겠지

남길 것 별로 없고
기다리는 사람 없으니

사막이 두려울까 시베리아 벌판이 두려울까
모두가 부질없는 걱정일 뿐
부디 사막바람 불어와
내 혼을 물어가라

부엉이 바위

어쩌다 모진 바람이
부엉이 바위에 휘몰아쳐
비둘기 날개를 꺾었는가

육체적인 고통보다
정신적인 더러움이
삶을 버리게 하였는가
목숨보다 버티기 힘든
치욕이었던가

생生에 미련은 컸으리라

용서하며 떠날 수 있다는 것은
인생의 답을 알았다는 것인가

살아 남은 자들의 대답은
비열한 자의 대답이 되어
어느 누구도

간접 살인자라고
실토하는 자 없고
떠나버린 당신은
간접 살해되었다고 말할 수 있네

이십구만원 밖에 없다던 사람은
얼굴에 기름끼 질퍽거리며
아직도 시퍼렇게 살아가는데
그 더러움을 견딜 수 없었던가

삶과 죽음도
자연의 한 조각이다

모든 마음을 버려라 당부하였듯
하늘과 땅을 이어주는
무지개 빛으로 남아
영원한 안식을 누리시라

지팡이

내 너로 하여
내 짐을
나누어 지게하고
가고자 하는 길에
함께하니
살아있는 내 다리요
길잡이라
가는 길 함께하니
외롭지 않네
세월이 흘러
너 키가 작아지면
내 생명 또한
너와 같으리
묵묵히 앞장서는 충복이여
잠들 때 함께 잠드세

들개 비명

가자
찢겨진 채로
처박혀 버린 달력처럼

인생의 부질없음을
마음껏 마셨으면

못다 한 일들도
모두 다 접어두고

황혼의 끝자락
그림자를 잡고
유성처럼 사라지자

나에겐
아무런 인연이 없었던 것처럼

어둠 속을 달려가자
나의 세상으로

허수아비

찢겨진 깃발로
바람을 안을 수 없어
가슴은 텅 비어있네
성난 얼굴로 노려보지만
아무도 두려워하지 않아

참새도 까마귀도
가슴에 배설을 하고
머리털을 쪼아대어도
어쩔 도리가 없네

너를 만든 허수아비는
어떤 기대도 어떠한 믿음도 다 버리고
네 곁을 떠났어
그냥 버려진 채로 서 있는 거야

등 뒤로 태양이 떠오르고
가랑이 사이로 달빛이 녹아나도

까마귀 백로 모두 너를 흔들어 놓고만 가는
황량한 벌판이야

서 있는 그 자리에
발 뿌리부터 썩어내려
한 줌 흙이 된다 한들
너는 그저 심장을 빼버린 허수아비야

누군가 너의 가슴에
심장을 그려놓고
혼을 심어 주기 전엔
죽어있는 미이라야

그래도 서 있어 보렴
얼빠진 허수아비가
너에게 심장을 그려주고
혼 또한 심어 줄는지

겨울밤의 대화

눈 내리는 밤
아가의 숨결처럼
달빛은 부서져 내린다
티 없이 맑은 아가의 눈길과
가슴에 피어나는
영롱한 사랑의 별빛이 있다

순간이
영원으로 가는 시간
산허리마다
파문이 일고
꿈꾸는 아가의 가슴이 있다
또 하나의
낙엽이 꿈꾸며
창밖을 내다보는
풋풋한 향기로움이 있다

(1968~1972)

곡마단

안개처럼 스러질
청춘의 곡예가
바람에 나부끼는
날개깃 소리 되어
층층이
담장을 돈다

불꽃 방황

모르는 슬픔은
아무도 없는
자연에서 울고 싶어라
진눈깨비 흩어지는 창가엔
쌓이는 괴로움도 더하건만
숨겨 둘 사랑이 있어
희미한 촛불 아래
밤을 새우며
어딘가 헤매이고 있을
사모한 고백을
또 다시 찾고만 싶은
진눈깨비 흩어지는 밤
길어도 다시 짧은
슬픔인지 기쁨인지
야속한 세월을 원망하며
다시금 늘어가는 고뇌의 밤길을
묻히어도 좋을
안타까운 심사여

고이 간직하였다가

슬픔이 가로 막을 때

어둠 속을 소리 없이 헤매이는

진눈깨비와도 같이

허공을 맴돌다

쓰러져 버리자

괴산새재 조령산 흥천사 둘레길 야경

거미줄

오… 줄 타는 생명이여
산들바람에 휘청
매달린 한 가닥의 힘
허공중의 공기를 타고
뜀박질하는
나부끼는 숨소리

홀로 타는 불 · 1

한숨도 넋두리도
긴긴 밤 속에 타는
그대를 향한
그리움으로
잠 못 이룰 때
그대는 아오
잔인해 버릴
사나이의 열정을
그대는
귀머거리가 아니요
고독한 사나이의
울음소리를 들어주오

홀로 타는 불 · 2

때로는
슬픈 이별이 있겠기에
아무 말 않았습니다

사랑한다는 말도
그리워한다는 말도

모두를 잊고서
떠날 수 없기에
아무 말 않았습니다

유성처럼
다가왔다 사라지는
유희하는 이별을
피어나는 꿈들을
봉오리로 지게 할 수는 없습니다

때로는

그리움이 밀물처럼 다가오지만
늘 같은 마음으로
나를 사랑하여
나와 함께하는 그림자를 사랑하여
아무 말할 수 없었습니다

밤

별들이 명멸하는
대기의 차가운 살갗
스산한 가슴에
부딪혀 오는
솜사탕 같은 사랑
비둘기 가슴처럼
앙가슴 치며
곤두박질하는
짐승 같은 정욕

황혼

황혼에
작별을 고하는
산마루에 서서
숨져가는 노을빛을
애절히 사모하는 심사
사그라져 버리는
한 줌의 재 속엔
숱한 회의가 쌓여 있어
사멸하는 기억들이
나를 취하게 한다

투쟁 속의 후예

능선마루
구름이 둘
싸우고 있다

무너져 내리는
너의 목숨을
나는 엎드려
받아 마시고 있다

너의 처절한 죽음을
괴롭게
또한 슬프게 생각지 않는다

너의 죽음이
나의 생명이 될 수 있고
죽음이 될 수 있다

콰르르룽……

칼날같이 예리한
너의 마지막 남기는 소리가
온몸을 떨게 한다

언제인가
나의 오만을 씻어준
너의 목숨을
나는 또 다시 태어나
받아 마시고 있다

방패연

실오라기
풀어 헤치듯
욕망을 풀어 헤쳐라
산허리 비탈길 따라
물이 흐르고

하늘 끝 닿는
산 위에 올라
욕망의 파발을
한 가닥 거머쥐고
꽉 거머쥐고

끝나는 한 가닥
욕망의 파발을
깊은 바다의 심연 속까지
줄줄이
이슬로 엮어진
거미집 같은 얽힌 정한을

고드름 녹듯이
가슴에 서린 한을
풀어 헤쳐라

시인 등단 심사평

- 『지구문학』 40호, 2007년 겨울호

나그네와 노숙자는 다르다. 나그네는 생활력生活力이 있으면서 멋으로써, 어쩌면 세상만사 풍유로써 또는 詩를 쓰기 위해서 김삿갓 풍으로 주유천하周遊天下하는 사람들을 나그네라 하면 무리無理일는지? 나그네는 집안에 여유도 있고, 학식學識도 있으면서 멋으로써 세상만사 구경삼아 詩도 쓰면서 한량에 속하는 편으로 보아도 좋을 것 같은 느낌이 든다.

田思雲 씨의 성명姓名 또한 구름을 사랑하면서 논 밭 들녘을 돌아다니면서 '세상이 내 것이다' 라는 詩로 뭉친 구름 같은 사람의 이미지다.

〈나그네 · 1〉 詩 제1연과 2연을 보면, "뒤돌아보면/ 까마득 멀리도 왔네/ 굽이 굽이/ 산 넘고 강을 건너서// 머무는 마을마다/ 사연도 많아/ 그림자 얼싸안고/ 술잔을 드네"

제3연에서도 "꿈속인 듯 안개는/ 눈을 가리고/ 바람에 낙엽 지듯/ 달빛 속을 기어드네"

제4연인 종연에 와선 "오늘은 억새밭에서/ 잠을 청하고/ 소쩍새 울음 울면/ 함께 운다네"

요새 세상에 이런 멋쟁이 나그네가 있다는 것은 반어적反

語的으로 그만큼 우리나라가 詩의 나라인 것을 증명해 주고 있음이다.

이런 세상을 '왜 살 수 없다는 것인가?' 할 수 있는 세상이다. 그만큼 우리나라는 詩의 나라인 것을 말해 주고 있는 것이다.

전체 4연의 詩로써 주제主題인 '나그네'를 완벽하게 성공시키고 있는 시적詩的 표현기법表現技法에 앞에서 무르녹은 시적詩的 내재율內在律이 성립成立된다. 현대사회現代社會라고 해서 이런 좋은 詩를 쓰지 말라는 법이 어디 있는가? 詩는 예술藝術이기 때문에 하나의 작품을 완성시키는 것은 자유자재自由自在다.

시류時流에 아부하지 않고 독창적 육성肉聲을 유감없이 발휘한 용감한 시적詩的 사상思想과 철학哲學에 박수를 보낸다. 〈독백〉, 〈끝이 보인다〉도 같은 수준작임을 밝혀둔다.

앞으로 좋은 詩人이 될 능력能力이 충분充分하다고 믿어 의심치 않는다. 더욱 연구하기 바란다.

심사위원 : 진을주 · 함홍근 · 김광회

거미 나그네

지은이 / 전사운
펴낸이 / 김정희
펴낸곳 / 지구문학

110-122, 서울시 종로구 종로17길 12, 215호(뉴파고다 빌딩)
전화 / (02)764-9679
팩스 / (02)764-7082

등록 / 제1-A2301호(1998. 3. 19)

초판발행일 / 2015년 9월 10일

ⓒ 2015 전사운 Printed in KOREA

값 10,000원

E-mail/jigumunhak@hanmail.net

※잘못된 책은 바꿔드립니다.
※저자와의 협약으로 인지는 생략합니다.

ISBN 978-89-89240-69-3 03810